MICHEL BULTEAU

Michel Bulteau, né en 1949, publie à vingt-deux ans le *Manifeste Electrique* (Le Soleil Noir) qui allait marquer la poésie contemporaine. Encouragé par Henri Michaux, il poursuit sa quête de poète insoumis. En 1976, il s'exile à New York où il rêve au mariage mystique de la poésie et de la rock-music. En 1984, il publie une plaquette fantaisiste, *Khôl*, qui obtient le prix Heredia et le prix Jules Laforgue. Quatre ans plus tard, il réapparaît aux éditions Quai Voltaire avec un essai fin-de-siècle : *Le club des longues moustaches*. Au premier trimestre 89, la Différence publiera deux volumes de son œuvre poétique. Depuis 1985, il dirige la *Nouvelle Revue de Paris*.

ORPHÉE, COLLECTION DIRIGÉE PAR CLAUDE MICHEL CLUNY

1. David, *Psaumes pénitentiels*, traduits du latin par Blaise de Vigenère et accompagnés du texte hébreu et présentés par Ghislain Sartoris.
2. Victor Segalen, *Stèles*, présenté par Simon Leys.
3. Sandro Penna, *Une ardente solitude*, traduit de l'italien et présenté par Bernard Simeone.
4. Friedrich Hölderlin, *Douze poèmes*, traduits de l'allemand et présentés par François Fédier.
6. Raymond Lulle, *Livre de l'Ami et de l'Aimé*, traduit du catalan et présenté par Patrick Gifreu.
7. D.H. Lawrence, *Sous l'Étoile du Chien*, traduit de l'anglais par Lorand Gaspar et Sarah Clair. Préface inédite en français de l'auteur. Postface de Claude Michel Cluny.

POÉSIE DE LANGUE FRANÇAISE

À PARAÎTRE

Henri Bataille, *La Chambre blanche* et autres poèmes, présentés par Bernard Delvaille.

Charles Baudelaire, *Les Fleurs du Mal*, présenté par Yoshio Abe.

Tristan Corbière, *Les Amours jaunes*, présenté par Serge Safran.

Philippes Desportes, *Contre une nuit trop claire* et autres poésies, présenté par Jean-Yves Masson.

Victor Hugo, *Les Châtiments*, poèmes choisis et présentés par Yves Véquaud.

Germain Nouveau, *Choix de poèmes*, présenté par Jacques Brenner.

Arthur Rimbaud, *Poésies*, présentées par Jean-Marie Le Sidaner.

Jean de Sponde, *Poésies complètes*, présentées par James Sacré.

ODILON-JEAN PÉRIER

LE PROMENEUR

(choix de poèmes)

PRÉSENTÉ PAR MICHEL BULTEAU

ORPHÉE / LA DIFFÉRENCE

PRÉFACE
par Michel Bulteau

Odilon-Jean Périer avait le visage allongé, un large front, les cheveux tirés en arrière. Il portait des lunettes rondes, des vestes en tweed et des pochettes claires. Il aimait le tennis, le golf et même la boxe.

C'est à Bruxelles qu'il est né en 1901. Sa mère lui assura une enfance heureuse : un séjour au pays des réalités inoubliables. Dès l'âge de dix ans, Jean écrit des poèmes. Il prendra l'habitude d'en remplir des cahiers entiers et de les abandonner au hasard de l'amitié.

Lecteur de *Littérature* il sera séduit par cette « vague de rêves » qui deviendra le surréalisme.

En 1920, Odilon-Jean Périer publie, à cent exemplaires, une plaquette insolite : *Le combat de la neige et du poète*. Ce long poème saccadé, maladroit a une « beauté violente ». L'influence de Cocteau et de Cendrars s'y fait sentir. C'est un poème cinématographique plein d'angles aigus, de « haltes d'or », de jeux électriques. Les octosyllabes, les alexandrins et les vers libres sont les wagons de ce train fou :

« Le film de la Rapidité, excité par les clarinettes,
(L'orchestre étant réduit à des notes meurtrières)
Comme un scalpel,
Rase le passé
Du monde plat !
Les colonnes rugissantes du froid
Se jettent sur des forêts de glace

Et, possédées par la mort même, sautent triomphalement dans la vitesse divine !
Assez — c'est bien ! »

Odilon-Jean Périer ne tardera pas à trouver une beauté plus patiente.

La vertu par le chant, recueil paru la même année, est placé sous les auspices de Segalen : « De quelles cérémonies l'honorer ce démon que je loge en moi, qui m'entoure et me pénètre ? De quelles cérémonies bienfaisantes ou maléfiques ? » *(Stèles)*. Poésie blanche. Poésie noire.

C'est le livre de l'hiver (on songe à Mallarmé : « l'hiver, saison de l'art serein, l'hiver lucide ») et de la nuit, des dieux, des démons et des fêtes. Le poète de dix-neuf ans connaît « la quantité de grâce qui est dans l'immobilité ». De saisissantes images planent sur ces poèmes comme des rapaces blessés : « une église pleine de sang se balance aux crocs des boucheries », « le parc retourné à l'envers remue ses viscères dans l'orage ». Le poète nous fait découvrir que la lâcheté ouvre un itinéraire plus rassurant : boire un thé (pas « le thé violent dont les hommes froids s'enivrent ! ») dans une demeure « instruite et suspendue ». Cette demeure que Périer décrira dans *Adieu à l'hiver* et qui se détache du sol « avec un bruit d'étoffe caressée ».

Car le poète est un magicien. Au « pays des tapisseries » (celles qui ornent les murs des chambres et qui sont complices de la fièvre), il est capitaine d'un « navire miraculeux » qui n'est pas sans rappeler « le bateau ivre » de Rimbaud : « Moi l'autre hiver plus sourd que les cerveaux d'enfants, je courus ! ».

Après avoir pesé moins que la fumée des cigarettes et avoir vu Dieu, le poète se heurte au désordre de l'aurore (« le jour sans art jette un feu blanc dans la bibliothèque éventrée ; des livres nus reposent là. ») et affronte le désenchantement :

« J'ai vaincu la neige et l'orage ; mais je crains le poème des feuilles, les philtres de la solitude…
Me voici l'enfant de la pluie, le prêtre de l'ennui, l'ami des illuminations funèbres.
Je suis retombé sur la terre et les murs de la chambre se rapprochent de moi. Il faut fumer. »

Rimbaud baissait « les feux du lustre ». Périer laisse les bougies s'éteindre dans le col des bouteilles.

C'est maintenant au tour des anges d'être désabusés :

« Est-il un miroir où le sage
voit un sommeil plus apaisé ? »

(Le Miroir)

Peut-être un écho au vers de Mallarmé :

« Je me mire et me vois Ange. »

(Les Fenêtres)

Dans *Certains anges*, Périer affirme :

« que les poètes et les anges se ressemblent parmi les hommes. »

Dès mai 1922, Odilon-Jean Périer est dans le comité de rédaction du *Disque Vert* aux côtés d'André Salmon, Jean Paulhan, Franz Hellens. Il publiera dans cette revue des chroniques sur le bonheur, le sourire, la perfection, l'amitié.

« Je dédie à ceux qui m'aiment
Le miroir le plus fidèle.
Connaissez-y mon secret,
C'est votre meilleur visage :
Le seul digne le seul vrai
Que je fis à mon image. »

(Le Miroir)

Ce qui fera écrire à son ami Eric de Haulleville :

« Quelques-uns qui ont aimé Jean Périer n'ont plus jamais revu leur visage dans la glace. »

(*Sang Nouveau*, juin-juillet 1933)

En lisant *Notre mère la ville* (1922), nous voyons que le poète a quitté sa chambre et s'est lancé à la découverte de la ville. Mais Bruxelles va-t-elle divertir l'amateur de verdoyants paysages ?

C'est à cette époque qu'Odilon-Jean Périer publie dans la revue *Signaux* : « L'Eloge du Parti pris », où l'on voit un certain Pierre enfermé dans un grenier, souffrant « d'indigestions de lyrisme », qui, « par une échelle, un jour d'ennui, grimpa y regarder sa ville : jamais encore il ne s'était penché sur elle ». En fait, il découvre un jardin.

Le monde de tous les jours est illusoire. Le temps historique est pesant. Jean avait lu *Anicet ou le panorama* d'Aragon qui venait de paraître.

Première constatation : la ville est en loques. C'est la mort en désordre. La ville est un piège pour attraper les anges :

« Les ailes cassées
Dans les cheminées
Saigne l'ange lourd. »

(Mort d'un dieu)

Mais la grande roue mentale va tourner. Le poète-architecte a gagné :

« La Ville est dans ma chambre :
Ce fauteuil est un port.
Avez-vous vu mes lampes
Mes mâts et mes bateaux ? »

Dans cette ville il pleut (la pluie qui pour Périer sauvegarde la solitude et estompe les paysages), il fait nuit ou il neige. Il n'y a qu'une saison. A Bruxelles, en revanche, il y en a quatre : la ruine (« les îles d'or que tu fis en novembre s'effondrent d'un seul coup »), l'avalanche (« — C'est une explosion de givre »), la sieste (« Terre-à-toucher. Herbe où s'étendre. Temps à perdre. »), la santé (« — Ne puis-je enfin chanter sans y perdre la vie ? »).

Périer sait que le feu apporte la cendre. Parviendra-t-il à la construction de sa ville poétique ?

> « — *J'ai cherché ma patrie avec sincérité*
> *Dans ses villes, son ciel, ses champs et ses navires.*
> — *Mais rien ne vaut la chambre où je fais de ma lyre*
> *Le silence pleuvoir avec limpidité* »

écrit-il dans le dernier poème du recueil, *La victoire.*

Ce parcours circulaire en vers courts ou décasyllabiques et en de rares alexandrins lui valut, en octobre, une lettre de Max Jacob : « Mais plus j'avançais et plus je découvrais de vrai lyrisme en vous (...) Vous êtes un poète, un grand poète et vous n'avez qu'à continuer de l'être ».

Cette même année, Odilon-Jean Périer fait son service militaire. Il aura une grave crise de rhumatisme articulaire qui l'obligera à garder le lit quatre mois. Cette maladie lui laissera des séquelles graves.

« Très tôt le goût de la louange et sa vanité singulière conduisirent O.J.P. à publier des livres » écrit-il, en 1924, en tête du *Citadin ou Éloge de Bruxelles.* C'était une façon désinvolte de renier ses premiers poèmes.

Le citadin est un long poème avec un exergue de Delille : « Vivre pour mes amis, mes livres et moi-même ». De Roquebrune, André Gide écrivit à l'auteur qu'il était exquis de le suivre et de se promener avec lui. L'apprentissage de la ville est conté dans un langage plus apaisé. Les premières images sont celles de l'aube en automne, avec les toits humides et les sirènes des bateaux.

Odilon-Jean Périer approuvait ce principe énoncé par Apollinaire dans ses *Méditations esthétiques* : « Les grands poètes et les grands artistes ont pour fonction sociale de renouveler sans cesse l'apparence que revêt la nature aux yeux des hommes ». Ce vœu du poète, on le sent frémir, comme les feuilles du thé sous l'eau bouillante, dans le vers :

« Je dispose le monde autour de ma maison. »

La découverte de Bruxelles étant un long cérémonial qui conduit à la découverte de soi-même.

Le 28 février 1925, il fait représenter, au théâtre du Marais, une comédie en 4 actes : *Les Indifférents*. (« J'écarte timidement le rideau de scène : la salle est archi-comble »).

La même année, il invente un jeu de 52 cartes (dont trois blanches, trois noires et une étoilée), les autres comportant des formules dans différentes dispositions typographiques : « S.O.S. », « la mer », « un miracle », « tu mens », « la poésie », etc... Il confie à son ami Eric de Haulleville qu'il a essayé de se débarrasser de la poésie en se livrant « pieds et poings liés au hasard », entendons à l'arbitraire des cartes tirées. Il passe des nuits à les retourner et à dialoguer avec le destin. « Le plus admirable est que toute l'aventure, dirigée contre la poésie, tourne à sa gloire et la démontre par l'absurde : nous ne pouvons pas ne pas la créer tout autour de nous, par le seul fait que nous respirions, que nous ouvrions les yeux, par le seul fait du langage, nous sommes poètes. »

Les crises de rhumatisme sont de plus en plus rapprochées. En 1926, Périer séjourne à Villefranche où il rencontre Jean Cocteau. Il publie un roman poétique, écrit de juin 1924 à septembre 1925 : *Le passage des anges*. On y croise des anges, étrangers dans la ville, qui ont des cheveux coupés en brosse et qui fument des cigarettes jaunes. Trois anges (trois survivants) sont descendus chez les hommes : Misère, Michel et Alpha. Misère rencontre une jeune fille « entièrement couverte de cuir et de verroterie, tête nue, un monocle à l'œil, des revolvers à la ceinture », une jeune fille qui ne sait plus grand'chose de son enfance. Michel a des problèmes avec sa conscience. Alpha prend des bains froids et tient un journal. La réalité se corrige, devient espiègle. Le merveilleux tient les rênes. Bref, la poésie change la vie.

Le 2 septembre, Odilon-Jean Périer épouse Laure Féron. Ils passent leur voyage de noces en Italie puis retournent à Bruxelles.

En 1927, Périer publie son livre le plus important : *Le promeneur*. Le titre initial était : *Le promeneur et son ange*. Il le dédie à sa mère, morte quatre ans plus tôt : « Voici de cette poésie, qui est à toi, comme toujours. Je t'aime bien mieux que moi-même », et plus loin : « Au revoir, au revoir. Mais non, je ne resterai pas longtemps, tu sais bien que je ne puis me passer de toi. Au revoir. »

Ce promeneur est un absent au monde. On imagine bien un jeune homme en habit noir (Périer, nouveau Forneret, avait copié à neuf exemplaires une plaquette sous couverture noire, avec pour titre : *L'Amour en Habit Noir)*, las, trouvant encore du plaisir à regarder un ciel lumineux.

Plein Air est composé par des pièces irrégulières. La ponctuation a disparu. Les vers sont disposés comme des traits de couleurs. On n'est pas encore très sérieux quand on a vingt-quatre ans. On peut ainsi se promener avec un nœud papillon et une canne de jonc dans les dunes de la mer du Nord, ou être un buveur qui trinque « à la santé du paysage ». Les mots se frôlent, s'interpellent, se provoquent. Périer compose des tableaux *(Le déjeuner au bord de l'eau)* où une jeune fille « déchire aux ronces ses bras purs » (bras-bas). Ailleurs, des amoureux dénouent leur promesse tandis que « les fontaines ornées d'écume et d'armes blanches (...) parlent à haute voix. » Les conversations déliées au rythme impair crépitent :

« Jour faux Printemps de pharmacie
Tout ce qui est blanc et sucré
Le cœur battant
Les mains perdues dans la vapeur, abandonnées
Ornées de bagues
Avant l'orage. »

A un autre moment, la pluie tombe, le plaisir s'aiguise et les couleurs s'avivent. Le promeneur perdra-t-il son âme dans « la grande magie d'une belle avenue... » ?

Après la promenade, le rituel du thé : *Dans une tasse de thé*, écrit en 1922, fait songer à un rondel de Théodore de Banville :

« J'aime la folle cruauté
Des chimères qu'on apprivoise :
Miss Helen, versez-moi le thé
Dans la belle tasse chinoise. »

Les sonnets et le poème en trois quatrains de *Sans les hommes* sont placés sous l'emblème du jeune homme vaincu par l'amour et du bonheur enfin accepté. Le poète fasciné par les mains féminines, longues, toutes puissantes et immaculées refuse le plaisir qui ne soit pas un mystère d'or.

Chez Odilon-Jean Périer, le bonheur a un goût de cendres. C'est un ciel vide. Une terre que la poésie aurait désertée :

« Silencieusement s'élève autour de moi
La plus douce lueur de vie, et cette voix
Merveilleuse, — la voix que n'attend plus personne. »

Mais il faut reprendre courage et trouver ces « choses aimables » dont parlait A.O. Barnabooth. Les huit poèmes de *Pour vivre* sont à rapprocher des onze haï-kaïs de Paul Eluard : *Pour vivre ici* (1918). Le poète a retrouvé sa chambre et « les grâces de la terre ». Pour ne pas vieillir, il reste dans sa maison de verre. Contre la vitre, les paysages se pressent comme des museaux de chiens. Toujours cette limite que le bonheur ne peut franchir.

> « *Les hommes seuls, les maisons vides.*
> *Il n'y a pas d'abandon.*
> *Simple, trop simple et vieux, trop vieux*
> *Pour être heureux.*
> *Depuis sa fondation,*
> *Rien ne reste dans la maison.* »
>
> (Fins)

Ces vers d'Eluard n'empêcheront pas Périer de dire adieu aux rêves et aux projets, de fermer la fenêtre, de tirer les rideaux, d'oublier la ville et de recomposer une journée parfaite. Cet ensevelissement lui permet de soulever « mille destins, mille mémoires, mille vies ».

La vie est une « vitre légère » qu'il vaut mieux briser que ternir. Ce verre qui toujours a hanté Périer. Le miroir d'Hérodiade (ce « paysage de verre ») qui crée « ce vide et ce silence où restent pures les amours ». Le poète baigne dans le révélateur :

> « *Ô miroir ! sinistre et sincère,*
> *Où je suis beau comme les morts.* »

Incantation maniérée que l'on retrouvera, soixante ans plus tard, chez Iggy Pop (le frère attendu ?) :

> « *I like this pain*
> *I like this mirror*
> *I like these shades* »

et l'autre voix :

> « *Juge-moi donc, frère inconnu,*
> *Belle ombre aux lunettes profondes.* »

Poète classique, Odilon-Jean Périer l'est quand il écrit *La route, Le paysage ou la consolation* et *La liberté*. Dans ce triptyque mélancolique du vide de l'âme et de la quête de la quiétude, il tente de jeter le masque. Phèdre descendait au labyrinthe ; Odilon-Jean Périer chemine dans « la plaine sans rives ».

La mort rôde.

Son obsession de la pureté (« La pureté n'est pas humaine. Mais je ne puis adorer qu'elle : et de telle façon que tout ce que j'aime me soit enfin inaccessible » avait-il écrit dans *Examen de conscience*) et sa hantise de la transparence marqueront encore son dernier poème (qui paraîtra dans *La Nouvelle Revue française* deux mois après sa mort).

La maladie l'a emporté le 22 février 1928. Pour nous, il se tient toujours derrière la vitre :

« Où sont les paysages purs
Le silence et la liberté
Du côté de la poésie »

Octobre 1988.

LA VERTU PAR LE CHANT

NOTRE MÈRE LA VILLE

(choix de poèmes)

UNE MARÉE NOCTURNE

Ma chambre garde au cœur une vertu glacée ;
ce soir d'hiver je suis son plus rude ennemi.
Mais je puise une faim de victoire et de cris
dans le silence même où elle est enfoncée.

Sans peur, sans joie, avec une voix mesurée,
mûrie et nourrissante à la façon des fruits,
je dis que mon poème est heureux de la nuit.
Il se forme et il monte avec un bruit d'armée.

Pour ce dieu résonnant d'une excessive faim
je déchaîne dans l'ombre en élevant la main
une très studieuse et très ardente fête ;

c'est bien. J'éteins la lampe et je serre les dents :
ma chambre se soulève. Avec l'aube, les vents
enflent la voile. Et nous partons dans la tempête !

MIROIR

Une vertu d'attention
refait le monde à mon image :

ce poème sans passions
est le plus calme des voyages.

Les yeux se ferment pour goûter
mon repos au bout de l'espace ;

cherchez la quantité de grâce
qui est dans l'immobilité.

Est-il un miroir où le sage
voit un sommeil plus apaisé ?

Où Dieu descend comme un nuage
paisiblement se reposer ?

— Or si je penche un regard triste
sur cette eau qui contient la nuit,

Dieu s'y dissout sans aucun bruit,
mais mon attention subsiste...

PRIÈRE POUR ÊTRE SAGE

Ah ! ne me soyez plus, orgueil, d'aucun secours.
Cet hiver épuisant me laisse trop sincère
et j'ordonne avant tout une force sévère
à mon cœur fatigué d'inutiles détours.

Il ne me reste plus qu'un misérable amour
et le secret de l'Ange égaré sur la terre ;
mais écoute ! Je sais une route légère,
j'imite Dieu avec ce rire de velours...

Que ferais-je à présent de votre lourde vie ?
Montrez-moi le chemin des vagues endormies,
laissez-moi découvrir un rivage inconnu ;

et que m'agenouillant sur ces plages parfaites
par le bruit d'un poème et des eaux satisfaites
la grâce de la mer augmente ma vertu.

ADIEU À L'HIVER

1

Autrefois je fermais la porte.

Je tirais les rideaux coloriés de ma chambre : j'étais dans une jungle ardente et silencieuse, dans le pays des tapisseries.

Je murmurais :

— « L'oiseau mangeur d'enfants écarte l'aile et des écailles nacrées scintillent près de son cou. Le camélia et la pivoine s'exaltent, s'unissent, bavent et saignent de plaisir.

« Des lianes, des algues épaisses limitent plus loin ces féeries. Cela est dessiné dans les rideaux. Je le vois... »

La soie bleue des murs montait droit.

J'étais le prisonnier d'une chambre pleine de murmures. Assis dans un fauteuil au fond de ce royaume, j'attendais un prodige.

Et je disais encore :

— « Un trésor de cercles s'abaisse du plafond brumeux à mon cœur. Des fantômes pleins d'aisance montent.

« Le faiseur de miracles dit que je suis ailé. Ô allégresse douloureuse ! L'huile sainte a nourri des flammes ; envolons-nous !... »

Je sentais la maison entière se détacher du sol avec un bruit d'étoffe caressée.

Tout s'élevait, dans un balancement.

Les livres imitaient les vagues.

Mon navire miraculeux faisait l'ascension du ciel.

Le monde élastique s'étirait autour de moi. Je m'émerveillais.

En haut d'une maison flexible pareille à une graminée, je pesais moins que la fumée des cigarettes...

— Je voyais Dieu.

2

Je suis retombé à l'aurore.

La chambre cruelle me traverse d'ombre et de lumières ; nul ordre ne préside au mélange des couleurs.

L'encre de Chine habille les meubles et la porte ; le jour sans art jette un feu blanc dans la bibliothèque éventrée ; des livres nus reposent là.

Vraiment c'est un riche trésor que je rapporte de voyage !

Mon œil est mangé d'étincelles, ma tête est pleine d'eau, je suis en proie aux choses. Qui parle de Printemps ?

Il est juste qu'il pleuve. Laissez-moi épuiser un peu toute la force et toute la vertu de mon hiver.

Ô pluie, je ne t'ai pas assez aimée, ô dédaigneuse, muse insociable des banlieues.

Partons aujourd'hui ! Que, l'aile mouillée et lourde, tu marches encore une fois dans les chemins équilibrés, dans la boue jaune.

Un amour sans espoir me vient : je parcourrai des routes vides, je trouverai le Dieu nocturne.

J'ai vaincu la neige et l'orage ; mais je crains le poème des feuilles, les philtres de la solitude…

Me voici l'enfant de la pluie, le prêtre de l'ennui, l'ami des illuminations funèbres.

Je suis retombé sur la terre et les murs de la chambre se rapprochent de moi. Il faut fumer.

3

Je prends la pipe de bruyère, rousse comme les bois de l'automne.

Je la bourre d'un tabac fort. Grésillement. Une odeur de cassis se répand dans la chambre.

Dans ma main qui aime sa douceur, ma pipe avec un murmure se réjouit de ma grande tranquillité.

Je voudrais bien pleurer de joie et de tristesse... La pipe est si douce et si chaude, si pauvre entre mes doigts, si pleine de tendresse et de bonne volonté...

Je crois qu'elle devient mon cœur... Je crois que, simplement, mon cœur est consumé dans la forme rose du feu de cette pipe...

Ah ! méditons encore un poème plus doux, épurons notre amour sans ombre comme la fumée du tabac.

4

Je m'en irai, ai-je dit, dans les champs pluvieux, et je te fumerai, ma pipe.

Je suivrai un des beaux chemins qui conduisent à la maison que j'aime, au bord des prairies creuses.

Toutes les routes du monde y viennent, mes amis ; je m'en vais seul, étant joyeux.

Et ce cytise dépouillé qui sursaute et murmure (qui pleure à tous les angles, et tremble) comme, en riant, je le retrouve au seuil du palais de l'églogue !

La grande route docile qui coule de la colline jaune, le long du sable, des ronces, du ciel, entoure comme un bras cette montagne réduite abandonnée par les lézards.

Les tonnelles ruinées par la pluie s'appuyent à l'engrais profond de la banlieue, aux courbes du sable efficace.

Les mousses de la sève retombent, mélangées d'eau.

Et moi, plus sérieux, plus sévère, je désire des boissons intenses, des bières noires comme le sang.

5

Les lampions morts déteignent près de la cheminée, ridicules comme l'arc-en-ciel.

Et de petites bougies tristes meurent dans le col des bouteilles avec un sifflement très pur.

Ah ! qu'aujourd'hui je pourrais être incomparable... Cette chambre humide mange vite les souvenirs ; elle n'en garde que l'attristante odeur ; elle isole de tout ma vertu fastueuse.

Savant et dangereux docteur, je pousse une porte légère, j'écarte les volets naïfs : il pleut encore pour mon plaisir.

Je vois au loin la ville comme une bête noyée.

— Le poêle maladroit se gonfle de délices, se dore, et me réchauffe.

Je caresse des dieux familiers dans son ventre.

Il ronronne.

La pluie augmente.

Je suis heureux.

Février 1920.

PETIT JOUR

Entre deux heures du matin
et le temps
où le cœur
bat moins vite,

le jeune homme se perd, s'exalte,
et son amour est sur le monde
comme une chose dangereuse.
Ainsi le nageur qui dévoile
une âme paisible et profonde
en se livrant aux vagues creuses.
Ainsi le jeune homme insolent
se désole devant la vie
comme s'il la rendait meilleure.

Entre deux heures du matin
et le temps
où le cœur
bat moins vite,

comme s'il voulait plus d'ardeur
au plaisir dont parlent les hommes,
comme si devant *leurs* bonheurs

il appréciait *sa* tristesse,
comme si beaucoup d'espérance
jetait sur eux une lueur,
— il voudrait connaître le vide,
juger qu'il est délicieux
ou s'il sait des choses meilleures.

Entre deux heures du matin
et le temps
où le cœur
bat moins vite,

ce jeune homme plein de douleur
ne se tourne pas vers les rêves.
Que son orgueil éblouissant,
radieux et nu, le protège !
— Il épouse au milieu du monde
sa vérité rude et brillante.
Et il se réjouit d'apprendre
à ceux qui vantent sa douceur,
qu'il a trouvé un trésor froid
dans un pays où vont ses voix,

entre deux heures du matin
et le temps
où le cœur
bat moins vite...

CERTAINS ANGES

1

A ce travail passe une vie :
mais je cherche de rue en rue
le beau et clair et vieux visage
d'une amitié pleine de ruses.

Viens, amitié, un peu souffrante
sous ces lumières hypocrites,
un peu défaite, un peu troublée
par le spectacle de la ville :

beaucoup d'anges sont en vacances
dans la banlieue que nous aimons ;
mais confie-toi à leur sourire
brillant de bonne volonté,

mais sous la tonnelle battue
et fatiguée par la poussière,
écoute ces deux-ci conter
la grande misère des songes ;

écoute-les l'un après l'autre
déplorer leur incertitude :
un dialogue désolé
se poursuit au milieu des feuilles...

2

Le premier ange n'a plus d'ailes ;
il habite un jardin public,
et il dit que les jeunes filles
se moquent de son beau visage ;

il sourit d'être si timide,
il fait un geste d'indulgence,
il célèbre le calme immense
de son jardin avant le soir.

Car cet ange modeste et sage
habite à côté d'un étang
et de l'étang monte un jet d'eau
qui rend son âme pacifique.

3

Le second ange parle bas.
Il dit que le printemps est lâche ;
et il exprime le bonheur
selon ses bonheurs d'aujourd'hui.

Il dit : « Mon plaisir, le Dimanche,
n'est pas celui des tristes hommes.
Comment trouver quelque silence
dans cette ville où bat le cœur ?

Quel fol amour désordonné
se perd à toutes leurs minutes !
Et que de joies ils ont serrées
dans une seule après-midi !

— Malgré tout, aurais-je la force
de combattre leur grand sourire,
ces lèvres belles et humides,
ces yeux où remue un peu d'or ?

Non ! plutôt que de rester sage
dans cette vive humanité,
je me compose une allégresse
avec l'excès de mon orgueil. »

4

Ainsi ces anges courroucés
parlent aux nuits de la banlieue.
— L'amitié que je poursuivais
est assise entre eux sous les branches ;

elle enseigne aux cœurs attentifs,
avec beaucoup de patience,
que les poètes et les anges
se ressemblent parmi les hommes,

que leur bonheur parle très bas,
que leurs ailes sont abîmées,
et que la meilleure des choses
est le silence d'un ami.

Mai 1920.

LES POÈTES SONT EN PAIX

Midi.

Comme une table de marbre
Toute flamme et tout désir,
Comme de l'or dans un arbre,
Secoué par le plaisir,

Rions ! Si la poésie
Renaît ce soir de mon sang :
C'est le ciel qui s'y allie
Par ce sanglot déchirant.

Sept heures.

Le ciel et de pauvres maisons
S'ouvrent au fond de ma fenêtre.
— Divinités de la saison
Ce sont des figures de neige.

Or tout s'est tu pour me tenter :
Ma voix n'est pas assez limpide.

— Dieu vous a dit la vérité ;
Comme son poète est paisible…

Minuit, ailleurs.

Oui. La sagesse tient
Dans une de vos mains
— Mais qu'allez-vous en faire ?
— Je suis son colombier.
Elle aime à se poser
Dans une vie légère.

Philosophie, oiseau
Des lauriers, tente l'eau
Méditante tranquille
Où l'âme est immobile,
— Comme un poète enfant
Caresse en s'y berçant
Quelque ombre élyséenne.

Plumages pleins de jour !
Visages de l'amour !
Colombes léthéennes !

Sagesse, Poésie,
Me quittez-vous encor ?

— Plus graves que la Vie.
Plus pures que la Mort.

MON CORPS

Corps violent, redoutable, honteux,
Corps de poète habitué aux larmes,
Qui te secoue ainsi, qui te désarme ?
(Bruxelles dort orné de mille feux)

Dans le pays de la bonne souffrance
(Rappelle-toi cette maison des champs)
Archange infirme ivre de ton silence,
N'attendais-tu qu'un amour plus pressant ?

On connaît bien le gouffre où je me penche,
La Muse morte y couche entre ses dieux.

Regardez tous (c'est une page blanche)
Et enterrez les poètes chez eux.

LES DIEUX DANS LA VILLE

(5 haï-kaïs)

Sous des fruits glacés
Bacchus rit à belles dents :
Il se rafraîchit.

Cœur battant. Cœur trouble.
Éros aime les faubourgs
Les tonnelles grises.

Que c'est imprudent !
Pandore ouvre son corsage.
Maints péchés battent des ailes —
— Serre dans tes bras
Une volante espérance…

Jeunes femmes rousses
Pourquoi ce sourire épars ?
— Mais c'étaient les Parques.

Honorons les dieux :
Cette neige dans ma ville
Est à leur image.

LA VICTOIRE

L'œil terrible d'un dieu s'est ouvert à mon front :
Que je vois bien la vie au fond de ma blessure !
Et comme un loup marqué de honteuses morsures,
Je porte, clair regard, le faix de tes rayons.

— J'ai cherché ma patrie avec sincérité
Dans ses villes, son ciel, ses champs et ses navires.
— Mais rien ne vaut la chambre où je fais de ma lyre
Le silence pleuvoir avec limpidité.

A Bruxelles et en Flandre,
décembre 1920 — mars 1922.

LE CITADIN

Poème
ou
Éloge de Bruxelles.

A Gilbert Périer, matelot.

AVERTISSEMENT

Très tôt le goût de la louange et sa vanité singulière conduisirent O.-J.P. à publier des livres. Un lecteur bienveillant, s'il eut du temps à perdre, connaît de ce poète deux et peut-être trois recueils anthologiques. On en retrouvera plus loin une dizaine de vers au plus.

L'auteur demande à ses amis de tenir ce poème pour l'édition revue, voire définitive, de ses premiers ouvrages. Libre aux messieurs bibliophiles de conserver à tout hasard ou comme une curiosité ces recueils de brouillons choisis. L'auteur n'a rien à faire avec de tels lecteurs. Mais il a pensé que sa ville, ses amis, ses amies valaient d'être chantés avec soin, et ses dieux.

Il s'excuse du ton assuré de cette note ; mais enfin il a fait honnêtement son ouvrage, et comment cacherait-il qu'il est content de lui ?

8 janvier 1924.

Boulevard sans mouvement ni commerce
Muet, tout drame et toute comédie
Réunion des scènes infinies
Je te connais et t'admire en silence.

RIMBAUD.
(Bruxelles, juillet, boulevard du Régent.)

Vivre pour mes amis, mes livres et moi-même.

DELILLE.
(L'Homme des champs.)

Je t'offre un verre d'eau glacée
N'y touche pas distraitement
Il est le prix d'une pensée
Sans ornement

Tous les plaisirs de l'amitié
Combien cette eau me désaltère
Je t'en propose une moitié
La plus légère

Regarde Je suis pur et vide
Comme le verre où tu as bu
Il ne fait pas d'être limpide
Une vertu

Plus d'eau Mais la lumière sage
Donne à mon présent tout son prix
Tel, un poète où Dieu s'engage
Et reste pris

Je ne chanterai pas très haut ni très longtemps.
C'est à mon plaisir seul, à vous que je m'attends
Égalité du cœur, honnête poésie.
Je n'ai rien de meilleur que cette humeur unie,
J'éprouve la couleur le grain de mon papier
Et l'incertain trésor que j'y viens gaspiller.

Toute pleine de moi, page sans bornes, vive
Étendue où respire une blanche captive,
Mon amour est sur toi comme un ciel éclairé.
Je me retrouve ici seul et désaltéré.
J'ai placé mon bonheur dans un calme langage :
J'aime, et jusqu'aux détours, la route où je m'engage.

Il est sur la cité cinq heures du matin
Dont les vapeurs de l'aube ont brouillé le dessin.
Déjà le boulanger quitte son four sonore,
La nuit aux marronniers, pâle, repose encore,
L'espace doucement a reçu les oiseaux
Et la sirène crie au milieu des bateaux.

Tout le gris éventail d'une ville éveillée
Ouvre son paysage au seuil de ma journée
Et parmi les couleurs de l'arrière-saison
Je dispose le monde autour de ma maison :
Ici d'humides toits glissent dans la lumière,
Se perd par la fumée une étoile dernière,
Un cerisier profond règne sur mon jardin
Et se charge de jour le gazon citadin.
Arbres, roses, pelouse, il n'est rien qui ressemble
A l'édifice pur que vous formez ensemble,
Mais combien difficile à ne point abîmer...

Le beau temps me baptise et fait son feu léger
Parcourir, éveiller un esprit sans faiblesse.
Le thé que je compose est philtre de sagesse,
L'eau tire de sa feuille une riche liqueur ;
J'en éprouve longtemps la pointe et la vigueur.
Ô Thé miraculeux dans cette porcelaine
Au prix d'un or si fin que la richesse est vaine !
Penché sur ton miroir comme les Japonais
Respectueusement je respire la paix,
Je repose les mains sur une blanche table
Et le calme où je suis devient si délectable,
De si divine sorte et légèrement fait,
Que toute ma journée en sentira l'effet.

Cette chambre aux murs bleus ouvre dans le feuillage.
La vigne vierge y pousse une flamme sauvage,
Des meubles de bois sombre y luisent simplement
Et le corps est heureux de son embrassement,
Haute fenêtre d'or où ma ville s'appuie,
J'allume en votre honneur une pipe chérie :

Un feu doux et léger bouge au creux de la main,
Dont la chaleur me fait profondément humain.
J'écoute s'éveiller mille voix diligentes,
Battre les lourds tapis et chanter les servantes,
Bruxelles accomplir un rite matinal.

J'avance, l'air entier sonne comme un cristal
Et l'Automne guide mes pas aux avenues.
Pourtant il faut chanter les plus petites rues :
Du soleil s'abandonne à leur pâle pavé
Et le ciel alentour touchant et délavé.
Les marchandes de fleurs y cherchent un sourire ;
Elles ont la couleur des choses qu'on désire
Et, parmi le trésor le plus rafraîchissant
Vivantes, elles font un murmure glissant.
Dans sa robe d'argent comme une vieille amie
Voici pour mon repos la place Stéphanie,
Votre haute fontaine ô Porte de Namur,
Et les Jardins du Roi pénétrés par l'azur.

Il est près de Midi. Je vois des hommes vivre.
Passe un cheval dansant, brillant comme le cuivre,
Une petite fille aux magnifiques dents,
De célèbres messieurs, des cigares ardents.
Comme, au long des trottoirs, une bête docile,
Se range proprement la souple automobile ;
Des femmes sans couleur se tenant par la main
Avancent au milieu d'un silence inhumain.
Leurs cheveux sont ornés d'une rose glacée,
Cette blouse déteinte et leur lèvre blessée ;
Elles ne savent pas saluer le soleil.

Terrasse des cafés sous un lierre vermeil
D'où je vois s'agiter ma ville industrieuse,
Boulevard aussi beau par ta robe poudreuse
Qu'un fleuve déployé dans son vaste dessin,
Maisons de mes amis, la mienne, mon jardin,
Champs d'avoine et d'air pur qui faites la banlieue,
Nuages sur les toits et dans la pierre bleue,
Vous êtes le décor que je donne à ces vers.

Qui m'aime, aime ma ville et me suive au travers.

Dans le bois de la Cambre, un facile Dimanche,
Sous l'aile des pigeons cette île toute blanche,
Cette île, autour de quoi les feuillages et l'eau
Ferment dans le brouillard leur précieux anneau,
Ne vous est-elle pas, distraite citadine,
Comme, après le soleil, une pluie haute et fine :
Nourriture du cœur et gage de santé ?

Mes rames dérangeant un trésor argenté,
La barque obéissante échappe à son sillage.
Vous êtes mon ami, sylvestre paysage,
Vous êtes la dernière et meilleure raison
De qui ne connaît plus le dieu de sa maison.
Mais déjà s'abandonne une image de rive
Au mouvement d'amour de cette onde attentive
Quand se répand sur elle et l'épouse le soir
Comme une jeune haleine obscurcit son miroir.
Déjà s'ouvrent, au fond d'un feuillage docile,
Les fleurs blêmes du gaz, les lampes de la ville ;
Une auréole tombe au pied d'arbres en feu,

Pâle et vaste, que j'aime, et qui m'égare un peu.
Adieu, domaine pur...

Bruxelles se déploie.
Une foire opulente alimente sa joie ;
Écumeuse comme elle et pleine de danger
Je regrette la mer, au moment d'y plonger.
Grosses roses de bois, carrousels de banlieue !
Un vertige saisit la fille en blouse bleue,
De tendres Grenadiers la soutiennent à point.
Un clown ouvre les bras, je lui souris de loin.
Je goûte ma faiblesse avec sollicitude,
Je me trouve, sans but et sans inquiétude,
A cette chaude foule un corps abandonné...
J'admire la souplesse et le bien-ordonné
D'une montagne russe au-dessus des feuillages :
Elle déroule un rail, visite les nuages,
Et chavire la foire ! et sombre ! et, mollement,
Berce, caresse, vide un corps convalescent...

Au front des promeneurs que cette foule mène
Au sommeil, aux plaisirs, goûtés sans trop de peine,
Le dangereux amour pose ses mains de feu ;
Et ses ruses feront la règle de mon jeu.
Je vous aime, Cité, domaine de la pluie,
Mais dont les habitants moquent la poésie.
Comme un grand violon de silence habité
Vous êtes l'instrument d'une divinité.
Laissez, laissez mûrir, se charger d'évidence
Cette chose sans nom, cette vaste espérance ;
Se composer un dieu par vos arbres blessés,

Par vos matins déserts et vos soleils brisés,
Par le visage d'or des nuits européennes.
A mes raisons d'amour chacun joigne les siennes.
Tant de silence frais, comme au petit matin,
Favorise le jeu d'un esprit citadin.
Quelle tranquillité fait ma fenêtre ouverte...

Bruxelles, arrosé comme une plante verte,
Bien nouveau, bien plaisant, se tait quand je le veux.
Ce n'est pas au hasard que je nomme ses dieux
Et ni distraitement que ce grand corps murmure.
Je sais où caresser ma belle sans-figure,
Ma ville habituée aux malices du ciel ;
Je ne souhaite pas de plaisir éternel :
Et les quatre saisons me gardent des surprises

Au filet du Printemps quand les branches sont prises
Et que de purs chemins traversent le gazon,
Comme un discours logique et nourri de raison
De beaux jardins me font une vertu nouvelle.

Mais, sous une toison brûlante et solennelle
Lorsque le mois de juin presse le boulevard,
Que des visages nus mélangent leur brouillard,
Autour de qui l'amour tourne comme une bête,
— Comment ne pas chérir cette rapide fête,
Comment ne pas se prendre aux pièges de l'Été ?
Octobre transparent a les couleurs du thé
Et cet intime accent qui fait d'un paysage
Aux hommes patients entendre le langage ;
La banlieue en Automne est un miroir secret

Qu'il faut longtemps polir et de mince reflet,
Mais qu'un peu d'amitié touche son eau fermée :
Il n'est rien de si beau dans la plus belle année.

L'Hiver enfin m'enchante et le pavé sonnant ;
Bruxelles reformé dans un ordre émouvant,
Ses arbres dépouillés, sa menteuse logique,
Et le cruel éclat d'un ciel géométrique
Sur toutes nos maisons comme un couteau planté.

J'épuise ces trésors avec tranquillité.
Que m'importent des biens dont je n'ai plus envie
Si je n'en tire un miel qu'on nomme Poésie ?
Je compose ces vers pour me sentir vivant ;
Mais non pas au hasard, non pas distraitement.
Quel besoin de mentir, d'habiter un nuage ?
Il est assez de ruse en ce simple langage,
Les lecteurs que je veux ne s'y tromperont pas.

Yvonne aux gants de fil, dame des cinémas,
Perle et poudreuse rose à la faveur des ombres,
Voit Charlie au corps pur danser sur les décombres.
Les femmes n'aiment pas tant de légèreté.
Mais vous, plus attentive à la divinité,
Saisissez de ses jeux le périssable charme
Et comme un film usé me touche et me désarme,
Ainsi de vos cheveux, de votre froide main.

Mais Élise ! solide et comme le bon grain
Dorée, ouverte aux dieux, fondée en gymnastique,
Éprouve du talon la pelouse élastique

Touchée au petit jour par la grâce du sport.
D'où cette heureuse allure et ce paisible port.
De sommeillants bonheurs ne sauraient plus me plaire
Ni le goût de pain bis d'une enfant sédentaire ;
Mon Élise vivante a le cœur mieux placé,
Sous la douche reçoit un sacrement glacé
Et goûte ses plaisirs sans sourire ni plainte.

Mais toi, dont je chéris la fourrure déteinte
Quand remue à ton cou ce minable ornement,
Suzanne, à la clarté du gaz attendrissant,
Ivre, maigre, et m'ouvrant ta bouche apprivoisée,
Élève dans mes bras une chanson brisée :
Ma ville et mon amie ont les mêmes yeux gris.

Sans doute est-il beaucoup de plus nobles pays,
De plus riches climats où déployer sa vie
(Et je ne sais, Paris, comme l'on vous oublie)
Paysages, lointains voyages, ciels changeants…
Mais trouverais-je ailleurs autant d'amis vivants ?
Ma patrie est où sont ces hommes délectables ;
C'est par eux que mes vers deviennent raisonnables,
Pour eux que je guéris d'un délire sacré ;
Ma ville obéissante est refaite à leur gré.
Heureux de parler clair, fondés en poésie,
Laissons-nous-y longtemps caresser par la vie :

Chaque jour de jeunesse est doré comme un pain ;
Poursuivons, sans vieillir, un dialogue humain.
Je termine à ces mots l'éloge de Bruxelles :
Poésie, Amitié, mes lois sont les plus belles,

Ornement du jardin, gloire de la maison,
Les précieux épis d'une riche saison.

Au terme aérien d'un jour sans aventure
Entre mes doigts s'achève un ouvrage d'eau pure
Et je baisse la voix, comme le soir se fait.
Que ma ville repose, elle a dit son secret :
Voici tout le dessin de son meilleur visage.

Comme la mer unit une facile plage,
Comme d'une amoureuse on lisse les cheveux,
Un instant sage encor, sage et silencieux,
Je contiens ma chanson, ma fortune ignorée...
Mais elle s'est de moi doucement détachée ;
Les mains vides, j'entends se perdre ses oiseaux...
Libre et seul, je connais le prix de mon repos
Quelle paix sur ma ville et quel air d'innocence...
Mes vers portent en eux leur pure récompense.

Je vivais au milieu de choses mal unies,
Demandant au hasard de diriger mes pas.
Je mettais à mon dieu le masque des folies
Et le meilleur ami ne me connaissait pas.

Il s'est fait un été plus divin que les autres,
Comment résisterais-je à son embrassement ?
Je marche, confondant mes biens avec les vôtres ;
Je respire au milieu d'un monde bien portant.

Beau jour sobre et profond comme un marbre sauvage,
Que vos angles dorés m'ont donné de secours !
Tant de perfection fait aimer son ouvrage
— Tant de limpidité détourne de l'amour.

20 janvier 1924.

LE PROMENEUR

DÉDICACE

« Il y a longtemps » me dis-tu « que nous n'avons parlé de toi. Ne me laisse rien ignorer de cette vie que j'aimais tant. La poésie… »

— Voici de cette poésie, qui est à toi, comme toujours. Je t'aime bien mieux que moi-même. Les hommes disent que je suis égoïste, triste, insensible. C'est qu'ils pensent que je vis seul. Notre secret est bien gardé, qui croirait que je suis heureux ? Me voici une fois encore devant toi, silencieusement, heureusement. Je chanterai quand tu voudras. Promenons-nous dans ton pays, dans le merveilleux paysage où tu ne vieillis plus depuis ta mort (de sorte que nous aurons un jour le même âge).

Bien plus tard je retrouverai une réalité plus simple, la couleur du ciel et des choses, le visage émouvant des hommes. Au revoir, au revoir. Mais non, je ne resterai pas longtemps, tu sais bien que je ne puis me passer de toi. Au revoir.

Septembre 1925.

Garde ma récolte secrète
Et partageons ce peu de vin
Fille plus douce qu'une bête
Portant le masque du destin

Déchirée, habile à sourire
Et qui ne sais rien de mes dieux
Que le taciturne délire
Où je te confonds avec eux.

I

LE PROMENEUR

Chaque jour un oiseau rencontre ce garçon
Aux yeux baissés, qui se promène sous les arbres,
Vers la nuit, qui n'est pas plus gai que de raison
Ni triste, — mais l'oiseau l'écoute qui se parle :

Il ne regarde pas les hommes dans la rue,
Leurs yeux pâles (dit-il) ni les bêtes du soir,
Ni cet ange, ni cette femme de chair pure
Dont le visage aime à sourire sans miroir ;

Il est sage, — si fatigué que les passants
Aimeraient mieux le voir à leur manière,
Et lui font signe, et vont à lui le cœur battant,
Mais il s'éloigne seul.

Un reste de lumière
Au ciel, une couleur de l'air, le vent, la pluie
Lui font plus de plaisir que ces aimables gens,
Le mènent à penser plus de bien de sa vie
Et lui donnent le cœur de poursuivre son chant,

S'il chante, s'il se porte à la source des larmes
Pour s'étonner de ce mystérieux pouvoir
Et laisser, humblement, qu'on lui prenne ses armes
Des mains, — qu'il soit enfin poète, sans espoir.

Ce qu'il touche s'altère et s'en va dans un rêve ;
Les merveilles qu'il forme au gré de ses désirs
Je sais trop qu'il ne peut y trouver de plaisir
Et qu'un songe, aussitôt qu'il l'incline, s'achève.

— Ainsi passe cet homme, oublié, sans histoire,
Portant l'hostie en bouche et par elle émouvant,
Prisonnier de son dieu comme sont les avares,
Qui se perd sans bouger au milieu des vivants.

II

PLEIN AIR

Garde ton cœur...

(romance.)

1.

Histoire d'une amitié.

Le sable et les arbres jouaient
A m'égarer
Le vent et les oiseaux jouaient au plus léger
Plaisir des dunes
Une canne de jonc
Une cravate   Un papillon
Écume de mer   Pipe d'écume
Avec l'amitié pour enjeu

Ces jeunes gens ne sont pas sérieux

2.

Les rues et les verres vides
La grande fraîcheur des mains
Rien de cassé   Rien de sali   Rien d'inhumain

Cordialement bonjour, bonsoir
Je suis paresseux tu vois
En bonne santé

A la santé du paysage
L'amateur de rues aérées
Si vous voulez que je vous aime
Ouvrez des mains immaculées

Je ne suis pas désaltéré.

3.

Le déjeuner au bord de l'eau.

Les jeunes filles La nappe éclatante Et le pain
La plus admirable d'entr'elles
Déchire aux ronces ses bras purs
Beauté solide
Bonne qualité

La respiration glacée
Le mouvement humain des fleuves
Art dépouillé
Royaume d'air

Sept heures du matin descendent
La cloche dit, logiquement :

Ô Poésie

(Silence est d'or)

— Écoutez-moi

4.

Les fontaines ornées d'écume et d'armes blanches
Les fontaines, ce soir, parlent à haute voix

La vitre des cafés
Murmure, où la buée, les baisers se mélangent
Le souffle de l'amour et les lèvres mouillées
Que je goûte sur toi.

Douces choses, ce soir, et qui fondent en larmes
Haleines et cheveux   Promesses dénouées
De caresse en caresse   Et d'année en année

Quand tous les amoureux parlent à haute voix.

5.

Jour faux Printemps de pharmacie
Tout ce qui est blanc et sucré
Le cœur battant
Les mains perdues dans la vapeur, abandonnées
Ornées de bagues
Avant l'orage

Les dames blondes passent dans le jardin fermé
La tête dans les fleurs du tiède cerisier
J'attends, j'entends mon cœur
Je trompe le Printemps

Orage couronné de pluie, Amour battant

Un ciel nouveau déplie son éventail d'argent.

6.

A Max H. Pierret.

Frère de l'onde et comme elle
Agréable à écouter
Sage avec civilité
Ami pêcheur à la ligne
Le plus bienfaisant ami

L'eau solide, l'eau sacrée
L'arbre fort, l'herbe serrée :
Une maison d'homme heureux.

— Voyez-moi ce paresseux !

Je n'ai pas baissé les yeux.

7.

A Pierre Janlet.

La pluie fait une ville
Difficile à aimer
Point du jour   Point du soir
Et pointe du plaisir.
Des goûts et des couleurs
Plus vives que jamais...
Ainsi la pluie me parle
Au cœur

Ô patrie légère
Ô maison de fil
Mes amis, mes frères
Vous connaissent-ils ?
Ils parlent d'amour
Je n'en ai que faire

Je chante à mon tour
Et je vis d'eau claire.

8.

A Jules Delacre.

L'air est tellement pur
Que les bruxellois dorment.
Il n'y a de bonheur
Que pour quelques personnes

Que cette automobile
Est profonde et facile…
Il n'y a de bonheur
Que pour quelques menteurs.

9

A Auguste Gerard.

Cet homme n'avait rien à faire dans les rues
Mais la rue   Et la pluie   Et le soir   Et l'écho
Cet homme n'avait rien à dire de nouveau
Mais la grande magie d'une belle avenue…

Cet homme avait une âme à perdre dans les rues.

III

DANS UNE TASSE DE THÉ

Fable

> *« ... et il but le thé avec l'image qu'il contenait. »*
>
> LAFCADIO HEARN.

A Eric de Haulleville.

Pour veiller ce soir d'hiver
Verse le thé, plus amer
Et violent que le fer,
Où est le plaisir des sages.
Tu te penches sur ce thé
Tu y cherches la santé
Les vertus, la vérité
D'une eau vive et sans nuages.

Or un visage sans prix
Comme de l'or dépoli
Apparaît et te sourit
Dans la liqueur agitée
— Ce ne sont pas là tes yeux
Mais d'un messager des dieux
Le silence sérieux
L'ombre à peine dessinée...

Une confidence pure
De l'adorable figure
S'élève, dans un murmure
Que tu ne veux écouter,
— Et, sans plus d'inquiétude,
Pour une moins fine étude
Tu reprends ta solitude,
— Tu bois le reste du thé.

Va ! Détourne ton regard
Des merveilles du hasard
Mais tu pleureras plus tard,
Homme vaniteux et vide,
Ce visage qui chantait
Sans le dire, le secret
D'un si étrange reflet
Dans ce peu de thé limpide

— Oui, tu empoignes la lyre !
Mais tu ne sais plus sourire,
Et ce sonore délire
Stupide nous touche peu.
A ta chanson toute prête
Manque une vertu secrète :
Pour être vraiment poète
Il faut compter avec Dieu.

IV

SANS LES HOMMES

« Le ciel n'est pas plus pur... »
RACINE.

1.

Amour, je ne viens pas dénouer vos cheveux.
Déserte, toute armée, inutile étrangère,
Je vous laisse debout dans un peu de lumière
Et je garde ce corps pur et mystérieux.

Mais pardonnerez-vous ce merveilleux ouvrage ?
Vous perdez un trésor à suivre mon conseil.
— Comme une eau solitaire où descend le soleil
Renonce pour tant d'or aux plus beaux paysages,

Ainsi les mouvements, les ruses de la vie,
Ces faiblesses, ces jeux, cette douce agonie,
Vous n'en connaîtrez pas le redoutable prix.

Toute pure à jamais mais toute prisonnière,
Vous resterez debout comme un peu de lumière,
Sans vivre, sans mourir, dans les vers que j'écris.

2.

Grande bête dorée, Amour couleur de femme
Les bras ouverts, debout au milieu du chemin
Que faites-vous de moi dans cette blanche flamme ?
Soutiendrais-je longtemps son éclat inhumain ?

Laissez donc ma sagesse étendre un peu ses ailes,
Passer ce bel oiseau sur mes livres déserts ;
Laissez aller mon chant à des amis fidèles
Et battre ce cœur dur quand je forme un beau vers.

Je retrouve partout votre force pliante
Vos longues mains, partout vos mains toutes-
[puissantes
Ces délices sur moi sans que j'ouvre les yeux

Hélas, et ce plaisir où le corps se dénoue,
— Comme un soldat fuyard s'empêtre dans la boue
Tombe parmi les morts et se perd avec eux.

3.

La Blessure,
A René Purnal.

Les mains dans le brouillard et mon orgueil en bouche
Comme une bête tient sa proie ou ses petits,
Je respire, je vais. Le monde me saisit,
Les couleurs de la vie autour de moi se couchent.

Bariolé de sang, chargé d'un picador,
Le cheval éventré trébuche dans sa traîne.
Ainsi je porte au dos mon brillant capitaine,
Je sens les éperons d'un ange chercheur d'or.

Mais la belle vivante aux mains immaculées,
De feuillage, de ciel, et de formes ailées
Couvre le champ désert où je plantais mon pic.

Filon d'or égaré sous l'herbe, qui scintille !
Faiblesses de l'amour dans un jardin public...
— L'ange que je portais saigne comme une fille.

4.

Comme parle et se tait une fille des hommes
Comme de grands secrets sont formés par son corps
Quel étrange plaisir, à cette heure où nous sommes
Aussi libres de tout que les esprits des morts,

Aussi légers, abandonnés, sûrs de nous-mêmes,
Aussi loin de la vie aux doux yeux égarés,
Bien sages, sans vouloir connaître qui nous aime,
Comme de beaux miroirs souriants et brisés.

J'écoute sommeiller cette rose nombreuse,
Lointaine, en son langage espérant un baiser...
— Mais je retiens mon souffle auprès de l'amoureuse.
Et me garderais bien de la désaltérer.

5.

A Marcel Arland.

Que m'importe de vivre heureux, silencieux,
Un nuage doré pour maison, pour patrie.
Je caresse au hasard le corps de mon amie,
Aussi lointaine, hélas, et fausse qu'elle veut.

Qui êtes-vous enfin ? qui parle ? — et qui m'écoute ?
— Un homme vraiment seul entend battre son cœur.
Je cherche parmi vous les signes du bonheur :
Je ne vois qu'un ciel blanc, qu'une étoile de routes.

Vaste image de terre abandonnée au jour
Comme un jeune visage embelli par l'amour
Quelle grande leçon votre dessin me donne...

Silencieusement s'élève autour de moi
La plus douce lueur de vie, et cette voix
Merveilleuse, — la voix que n'attend plus personne.

V

POUR VIVRE

« ...et le nombre des choses
aimables était si grand que j'ai
repris courage. »

A.O. BARNABOOTH.

1.

La visite au poète.

Un petit homme dans sa chambre
Méchant et fin comme le sel

Ces beaux yeux me gênent
Et ces mains perdues
Mains abandonnées
Je n'en ferai rien

— On dit que je t'aime ?

2.

Facilité, Facilité
Toutes les grâces de la terre
En éventail
Un seul baiser
Cette douceur de bouche heureuse entre les dents
Ma prisonnière
Toutes les hontes de la terre
Ceci est ma chair et mon sang

Désespéré
Désaltéré
Beaux arbres noirs
Tellement plus vivants que moi
Et bienfaisants
Tous inclinés
Pour consoler
Ce promeneur abandonné

Allez en paix
Allez à Dieu, légèrement.

3.

L'étranger.

Ô couleur grise
   Ô mon pays
Promenons-nous
Je t'aime bien
Qu'attendez-vous
Je n'attends rien
   Que mourir
Ne désire rien
   Que la vie

Ô toi, couleur grise

4.

« Qui ne dit mot… »

Une petite ombre de rue
Rue des plaisirs
Elle comprend les vérités avec sa bouche
Au bon moment
Le soir descend

Amour dans sa maison de verre
Un fil de sang
Tout est perdu   Si vous m'aimez   Tout est changé
La nuit défaite
Un cœur s'arrête

Beaucoup trop simple pour mourir
Et trop léger
La même vie autour de vous s'est étoilée
Tout est permis
Je reste ici.

5.

Vieillir.

Le buveur de café rit
Il est triste et mal rasé
Encore six ans de jeunesse
(C'est un homme sans maîtresse,
C'est un buveur de café)
        Sollicitude
        Incertitude
L'élégance des gens perdus
(Encore six mois de jeunesse)
Ô mes belles mains sans emploi
Ici, ailleurs, demain, partout
Encore six jours
            Encore six heures
        Je m'en vais
        De qui parlez-vous

— Voici le verre où il buvait.

6.

A Raoul Grimard.

Un homme pâle cueille les fruits de son jardin
Il distribue ses caresses aux animaux et aux arbres
Il touche ce qu'il aime, avec précaution
« Ma vie, cette vitre légère,
Prenez garde de la ternir.
Je bois de l'eau   Je mange des fruits
Et je couche à la belle étoile.
Un regard affectueux :
C'est tout le prix que je veux ;
Je dédie à ceux qui m'aiment
Le miroir le plus fidèle
Connaissez-y mon secret,
C'est votre meilleur visage :
Le seul digne, — le seul vrai,
Que je fis à mon image. »

Aimable comme Dieu, comme lui méprisé,
Un homme grave cueille les fruits de son verger.

7.

A Jean Paulhan.

L'amour et la fatigue
M'ont fait agenouiller.
Je n'attends rien du ciel
Qu'une heure de beau temps.

Étrange liberté,
Limite du bonheur…

Je parle d'être heureux,
Ne m'abandonnez pas.

8.

Histoire d'un poème.

Fenêtre ouverte sur la ville
    Chant détaché

Le soir emplit un paysage vaste et lisse
    Cérémonies
    Loi satisfaite

Tous les rêves   Tous les projets
Adieu   Je ferme la fenêtre
Un homme est seul dans sa patrie

Rideaux tirés   Ville oubliée
    Chant passionné

    Journée parfaite.

VI

LE GARDIEN

Tremblant de honte et de plaisir
Dans un paysage de verre
Je plonge les mains pour saisir
Mon image la plus amère.
Du miroir sombre que je porte
La vérité sans lendemain
Me châtie et me réconforte
Comme une flamme dans les mains.
J'y enfonce mon existence
Je m'y enferme pour toujours
Il fait ce vide et ce silence
Où restent pures les amours ;
Il me garde de la colère
Ou d'un délire sans ressort

Ô miroir ! sinistre et sincère,
Où je suis beau comme les morts

Ainsi l'amoureux assassin
Porte le corps de son amie :

Je soulève mille destins,
Mille mémoires, mille vies.
Juge-moi donc, frère inconnu,
Belle ombre aux lunettes profondes,
Gardien secret d'une vertu
Plus admirable que féconde.
— Je me trouve dans cet ami
Pareil aux légères fumées
Que laisse un village endormi
Finir sa plus douce journée...
— Ombre pauvre, que je te mêle
A mon passé riche et désert !

Ô raison de rester fidèle
Au démon qui dicte ces vers.

VII

LA ROUTE

A mon frère.

Cette paix merveilleuse et triste, cette étoile,
Le navire des nuits portant toute sa toile,
Et ces chants dérobés...
Comme un homme égaré dans sa haute demeure
Je porte parmi tous les secrets de cette heure
Des pas désespérés.

Je laisse aller de moi les plus tendres images,
Je change de chemin, de pays, de langage,
— Hélas, j'ouvre les yeux, je retrouve en pleurant
Cette rue où descend du ciel la douce lie,
Un air de poésie,
Les mains de mon amour et la couleur du temps...

Le même homme toujours, et le même mystère
D'admirables élans de joie ou de colère,
Projets et souvenirs...
Quand serai-je assez fort pour me taire, pour vivre
Sans masques et sans livres ?
— Paysage ou miroir, pour ne pas vous mentir ?

— Mais il faut achever un édifice d'ombres
Récolter un trésor au milieu des décombres
Ou s'y perdre à genoux...
Je n'aurai pas vécu, mon œuvre est inhumaine !
Je vous tiens les poignets, j'écoute votre haleine,
Amour, passant amour, que ferais-je de vous ?...

Chaque journée est plus émouvante et nouvelle...
Mais pourquoi cueillez-vous ces roses, ces mortelles ?
Qu'espérez-vous laisser ici de plus vivant ?
— Gardons-nous d'abîmer la divine Figure !
Qu'en notre absence soit toute chose aussi pure,
Toute chose aussi belle et triste qu'à présent ;

Que je puisse remettre entre tes mains très sages
Une existence unie, intacte, à ton image ;
Que ta création, mon Dieu, ne porte pas
La trace de ce corps ardent et délectable,
De ces pas, au hasard, égarés sur le sable,
Ces pas désespérés, cette chute, — et ces pas...

VIII

LE PAYSAGE
OU
LA CONSOLATION

« La terre montre au ciel ce
qu'elle a de plus beau. »
SIMON SENNE.

A Robert De Geynst.

Il pleut. Je n'ai plus rien à dire de moi-même
Et tout ce que j'aimais, comme le sable fin
Sans peser sur la plage où les vents le dispersent
(Amour dont je traçais un émouvant dessin)

S'évanouit... La seule étendue inutile
Mais seule, mais unie, en pente vers la mer,
Me laisse par l'écume aller d'un pas tranquille
Qu'elle efface après moi. Toi, paysage amer,

Paysage marin, le seul où je sois libre,
Qui parle mieux qu'un homme, avec plus de grandeur,
Donne-moi, pour un soir, cette raison de vivre,
— Le secret de ta grâce au milieu du malheur :

Sans faiblesses, sans fleurs charmantes ni flétries
Mais tellement plus beau qu'aucun ouvrage humain,
La terre unie au ciel par la foudre ou la pluie
Et les quatre éléments tenus dans une main.

Vous faites ces beautés, lumière de l'orage,
Dunes, léger trésor, mouvement des éclairs,
— Mais il reste à traduire un si noble langage
Et vous n'aurez de sens que celui de mes vers

— Quand je n'avais plus rien à dire de moi-même
Ce paysage m'a répondu sagement :
Car la création est le jeu que je mène
Et jusqu'à mes ennuis doivent former un chant.

IX

LA LIBERTÉ

Le réseau des vivants, les rideaux du feuillage,
Balancés, soulevés par le vent des couleurs,
Forment, de bras dorés, de branches, de nuages,
Ce piège magnifique et fermé comme un cœur :
Ô monde couronné de visages qui brûlent
Je ne puis, je ne puis me déprendre de toi !
Je chasse tes oiseaux, tu fais un crépuscule
Ramenant avec lui leurs ailes sur mon toit ;
J'arrache le fruit vert à tes branches impures,
Je frappe tes enfants sur la bouche qui rit !
Mais déjà, par amour, je soigne leurs blessures,
Mais le fruit dans ma main se colore et mûrit...
— Tant d'hommes ! tant de corps oublieux de leur
[gloire,
Que tient dans ses genoux la triste douce chair,
Tant de lâches riant de n'avoir plus d'histoire,
Sous un ciel que saisit la danse des éclairs,
Mortels abandonnés aux caresses, mortelles
Oubliant un bras souple entre d'autres, laissant
Quelque bouche s'ouvrir au bord d'une plus belle
Et leur haleine aller au hasard d'un amant,

— Ô guirlande, Ô couronne argentée, haletante,
Tout le feu du plaisir et le sang des baisers,
Comme un chant, trop longtemps, d'une voix
[déchirante,
La merveille retombe en jouet d'eau brisé.

— Mais voici le départ, un éclat de fontaine,
La brume et la fraîcheur d'un fleuve en liberté,
Voici mon vrai chemin sans hommes, dans la plaine
Sans rives, sans secret que sa grande beauté...

Je connais un instant de puissance tranquille.
Une lune commence au bord de l'horizon,
Une rumeur de honte enferme au loin les villes,
Le paysage est là, j'entre dans sa maison.

Pour une nuit encore je suis libre ! L'air tremble
A peine, c'est qu'il forme une étoile de plus.
Les colonnes du soir montent toutes ensemble.
Le monde se referme et ne me connaît plus.

« ... *I have need to busy my*
heart with quietude. »

RUPERT BROOKE.

Bruxelles. Knocke. Paris.
Mai 1924 — Mai 1925.

LA VISITE

Écoutez-moi si vous m'aimez :
Je suis sauvé lorsque je chante ;
Et toi, surtout, que j'ai formé
De ma plus douce voix vivante :
Tes beaux cheveux bien éclairés
Comme le feu dans la poussière
Te font pareil aux oliviers,
Tes mains connaissent un mystère
Dont il reste de l'or aux doigts…
Si tu es dieu, révèle toi.

— Garde ton sang, bouche mordue,
J'y vois la trace de ton cœur :
Sur la voie que tu as perdue
Je t'ai suivi comme un chasseur.

Es-tu cette étoile sauvage ?
Je te salue, ô visiteur,
Dans la lumière et la douleur,
Visage doux comme une plage
Usée, habituée aux vagues…
Tu es l'amour aux mains profondes :
Partageons ce pain et ce sel…

— Salut, dans le milieu du monde,
Salut à mon ami mortel.

Puis-je mourir, quelle folie !
N'entends-tu pas ma poésie
Et ce cœur battre, ô bouche d'or ?
Je suis le berger de ces ombres
Et le principe de ces choses :
Ayant fait œuvre de mon corps
Je suis vainqueur, il se repose,
Et je retourne à mes trésors.

— Homme enfermé, l'orgueil t'égare :
Libre et vivant, — devant un mur.
Accorde-moi ce corps avare,
Ne sois, enfin, qu'un esprit pur.

Amour, ce serait par faiblesse…

— Mais, par faiblesse, sois heureux.

Laisse ces ruses sans noblesse :
J'ai vu la flamme, dans tes yeux…

Alors, il me prend par la tête,
Porte la nuit dans mes fenêtres,
Porte sur moi son souffle ardent,
Par les genoux brise ma force
Et, comme un cheval qui s'emporte,
Jette ses cheveux dans le vent…

— Je suis seul. Je serre les dents.

Plus tard, un soir comme les autres,
La poésie monte et se pose,
L'eau merveilleuse monte en moi,
Le dieu se pose dans ma chambre,
Tout est changé, c'est que je chante :
Amour, entendez-vous ma voix ?

Mais le Démon n'écoute pas,
Il pleure dans ses mains profondes…

— Les poètes sont seuls au monde.

Mars 1926.

LA MAISON DE VERRE

La dédicace
de ce poème est secrète.

Tu es telle que je t'aime
Cette nuit détache-toi
        Ô voix
Et pour former un poème
Sache te passer de moi
Cherchant au fil de toi-même
L'équilibre du plaisir
C'est pourquoi ce chemin libre
Et cette aube et ce loisir

        Extrême.

***

Je ne te demande pas
Les secrets de la musique
Mais j'ai baisé sur la vitre
Un paysage d'été
        Ô buée
Ne garde pas le dessin
        De mes lèvres
Évanouis-toi plus vite

Pourquoi vis-tu, pourquoi vivre
        Je voudrais
Te retrouver un matin
Sans pouvoir te reconnaître
Toute étrangère et nouvelle
Détachée avec mystère
        De mes lèvres
Comme les choses vivantes
Se détachent en silence
De la main du Créateur.

*
**

Les mouvements de mon cœur
Te font assez émouvante
Ô voix, forme un chant
          Sans ombre
Je ne veux plus de ce corps
Encombrant comme un décor
Que ma force se délie
Je la délivre et l'oublie
Comme dans un air léger
Se déplace la fumée
Sans mollir ni s'incliner
S'élève une poésie
Dans sa jeune liberté.

⁂

Merveilleusement détachée.

⁂

Par ici
J'entends les oiseaux,
Tout ce qui brille
Et qui remue
Mais le silence est pailleté
Le feuillage est un peu de cendre
La mort et la sécurité
S'entendent.
Il y a un miracle à faire
Par ici.

Les oiseaux remuent

Tout or brille ce qui n'est pas

Au bord
De la bouche entr'ouverte.

⁂

Au bord mouillé
D'une couleur
Où naît l'écume

Et le sourcil
De l'horizon
Où vont les dunes

Entre les dents
Et la salive

Où le baiser
Luit et se brise
Au bord du monde
Où est la mer
Au bord de l'ombre
Où tu te tais

Je viens me taire.

⁂

Tordue et peinte par la vie
La chevelure lourde brille
Comme se mêle l'ombre au feu
Le sang se mêle à ces cheveux
Quand gronde le flambeau nocturne
Quand une flamme taciturne
Monte de ce monde fermé
Par le silence de l'été
Comme une funèbre colonne
S'élançant à l'heure où personne
Ne se rappelle plus le jour
Ô nuit comparable à l'amour
Les visages que tu te donnes
Sourde te trahiront toujours
Montre tes cheveux coupés court
Ta bouche pure et tes yeux graves
Au secours
Ô cruel miracle
La nuit est faite à ton image

⁂

Tu ne t'en iras pas d'ici
Tant que je tiendrai ton épaule
D'ici, du côté de la vie
Dans l'éclairage du plaisir

Où l'on voit la réalité
Se défaire comme une écume
Sur la vague qui se replie

Où sont les paysages purs
Le silence et la liberté

Du côté de la poésie

⁂

Le cœur se repose, la main
Dérange les cheveux du sable.

⁂

Le vent, l'orage, les miroirs
Ne me font pas baisser les yeux
Un paysage
Aux cheveux noirs
A plus de prise sur mon cœur

Un fil
Encore
De plaisir
Aux lèvres vives
Aux faibles îles

Ailleurs
Sans doute

Où le corps plie
Et se termine

***

Ô dessinée
Aussi belle que les collines

***

Un grand calme commence à la rive des yeux

*
**

L'eau prend la forme du cristal

Toutes les plages se ressemblent
Et toute l'ombre entre tes bras
Que tu mélanges
Au bruit des vagues

Au commencement de l'espace
Où l'amour change de visage

Dans le glissement du matin

Désaltère-toi dans ma main

*
**

Mystérieuse et ressemblante
Secrète comme une vivante

*
**

Donne-moi la main
Il va faire jour
Le papier d'argent fait un éclairage
Étrange

Écoutons parler
Écoutons mentir
Écoutons partir
Les autres

Et quand je voudrai
Que le jour commence
Je mettrai le feu
Au papier d'argent

*
**

A la limite de la lumière et de l'ombre
Je remue un trésor plus fuyant que le sable
Je cherche ma chanson parmi les bruits du monde
Je cherche mon amour au milieu des miracles

Un poème commence où la voix s'est brisée
Et je fais mon bonheur en dénouant tes mains
Quand nous nous rencontrons au bord d'une journée
Nouvelle, au bord de l'aube où le ciel nous rejoint

***

Les pieds nus de ma poésie
Ont peu de poids
Cherche la trace de ses pas
Sur cette eau tranquille
Comme un visage éclairé

Toute puissance agenouillée
Chanson matinale

Il brille
Une étoile toute nouvelle
Et la chanson la plus belle
Est celle que j'ai chantée
Pour accepter ces minutes
Où mon bonheur se décide

Où toute chose s'arrête

A la merci d'un beau vers

*
**

Ton visage est le mot de la nuit étoilée
Un ciel obscur s'ouvre lentement dans tes bras
Où le plaisir plus vain que la flamme argentée
Comme un astre brisé brille et tremble tout bas

Vivante, conduis-moi dans ce nocturne empire
Dont l'horizon mobile enferme notre amour.
Je touche un paysage ; il s'éclaire, il respire
Et prend quelque couleur sans attendre le jour.

Que de choses j'apprends au défaut de tes larmes
Sur le point de me perdre où tu m'as précédé,
Mais enfin je renonce à détourner tes armes.
Je reconnais un corps que je dois te céder.

Perdons-nous ! Parcourons cette courbe profonde
Que tes genoux légers ne me délivrent pas.
Que je sois seul au monde
Au moment de tes larmes.

Que la paix de l'amour commence sous nos pas.

Février 1927.

ODILON-JEAN PÉRIER

1901 - 9 mars : Naissance à Bruxelles, avenue Louise, de Jean Périer, fils de Jeanne Thys et de Gaston-Frédéric Périer, administrateur de sociétés.

1902 - Naissance de son frère, Gilbert Périer.

1911 - Jean Périer entre en 7e latine à l'Athénée d'Ixelles. « Des études faciles et sans histoire » précise sa biographe Madeleine Defrenne. Il édite d'amusantes revues polycopiées, toutes réduites au premier numéro : *La lyre du potache*, *Hermès*, *le Cénacle*.

1912 - Jeanne Périer-Thys publie un recueil de contes : *Pendant qu'on dort*, dédié à ses deux fils. Elle sera pour Jean, un « professeur de poésie ».

1913/1914 - Jean et Gilbert passent leurs vacances à Dalhem dans la propriété du Général Thys, le grand-père maternel.

1915 - Mort du Général Thys.
Jean Périer invente le grand jeu des Pays : « le jeune garçon créait et distribuait des pays symboliques dont il fallait instaurer le gouvernement, inventer la littérature, écrire et vivre l'histoire, etc. »

1918 - Dernière année de rhétorique.
Jean fonde un cercle littéraire : le Cénacle, et écrit un *Petit essai de psychologie végétale* à la manière de Jules Renard, ainsi qu'un recueil de poèmes en vers libres : *La route de sable*.

1919 - Janvier : il s'inscrit à l'Université libre de Bruxelles, Faculté de droit.
Il rencontre Charles Plisnier, Marcel Lecomte, Robert Goffin.
Mai : il collabore à *La Patrie Belge*.
Décembre : voyage en Savoie d'où il revient « dans un état extraordinaire ».

1920 - Il publie *Le combat de la neige et du poète* et *La vertu par le chant*. Ces deux plaquettes sont signées Odilon-Jean Périer. Odilon étant le prénom de son grand-père paternel.
Il passe ses vacances d'été à Chiny.

1921 - Janvier : il collabore au *Mercure de France*.
Mai : à la demande de Franz Hellens, Odilon-Jean Périer entre à la revue *Signaux*. Sa collaboration durera jusqu'en janvier 1922.
29 septembre : mort de sa mère.
1922 - Février : il écrit dans *La Renaissance d'Occident*.
Avril : il entre dans le comité de rédaction du *Disque Vert*.
Il donnera des textes à cette revue jusqu'en 1925.
Service militaire à Beverloo. Il rencontre Eric de Haulleville qui écrira : « Jean Périer n'aurait pas dû faire son service militaire ».
Juillet : grave crise de rhumatisme articulaire.
Août : parution de « Notre mère la ville », *Le Disque Vert*.
1923 - Janvier : séjour à Cannes.
Février : il entre à *la Nouvelle Revue française*. Il rencontre Jacques Rivière, Marcel Arland, Jules Supervielle et se lie avec Jean Paulhan.
1924 - Janvier : séjour dans la villa familiale de « Bois Tordu » au Zoute.
Nouvelle crise de rhumatisme.
Mars : il collabore à *Sélection* et à *La bataille littéraire*. Il publie *Le citadin ou Éloge de Bruxelles*.
Juillet : il est reçu docteur en droit. Vacances à Chooz près de Givet.
Rappel au camp de Beverloo.
1925 - 28 février : représentation des *Indifférents* au théâtre du Marais à Bruxelles.
Juin : rappel à Beverloo.
Novembre : crise de rhumatisme. Publication du jeu de cartes : *A tous hasards*.
Décembre : crise de rhumatisme.
1926 - Séjour à Villefranche, où il croise Jean Cocteau, à Saint-Jean-Cap-Ferrat et à Rome.
Il publie son roman *Le passage des anges* (Gallimard).
Cure à Bagnères de Luchon.
2 septembre : il épouse Laure Féron. Voyage de noces en Italie.
Retour à Bruxelles où le couple s'installe, 268, avenue Louise.
1927 - Séjours au Zoute, à Bruxelles et à Chooz.
Il publie *Le promeneur* (Gallimard).
Il fonde la revue *Livrets* (2 numéros).

1928 - Janvier : il collabore à la revue *Échantillons*.
22 février : Odilon-Jean Périer meurt d'une péricardite rhumatismale.
Son fils naîtra quelques jours plus tard.

ORIENTATION BIBLIOGRAPHIQUE

Pascal Pia, « Notre mère la ville », *Le Disque Vert*, 1922.

Edmond Jaloux, « Le passage des anges », *les Nouvelles Littéraires*, 11 septembre 1926.

André Gaillard, « Le promeneur », *la Revue Européenne*, 1er juin 1927.

Franz Hellens, « Odilon-Jean Périer », *La Nouvelle Revue Française*, 1er 1928.

Jean Cocteau, « En hommage à Odilon-Jean Périer », *Échantillons*, avril 1928.

Marcel Arland, Jean Cassou, Franz Hellens, Jean Paulhan, Jules Supervielle, « Il y a trois ans, mourait un poète, Odilon-Jean Périer », *Le Rouge et le Noir*, 18 février 1931.

Auguste Marin, « Odilon-Jean Périer », *L'Avant-Poste*, 1939.

Numéro spécial de la revue *le Thyrse*, 1er février 1948.

Norge, « Introduction à l'exposition Odilon-Jean Périer », *La Sirène*, 24 mai — 4 juin 1952.

Madeleine Defrenne, « Odilon-Jean Périer », Palais des Académies, 1957.

André Gascht, « Signification d'Odilon-Jean Périer », *Revue générale belge*, avril 1961.

TABLE

ACHEVÉ D'IMPRIMER
EN JANVIER 1989
SUR LES PRESSES
DE L'IMPRIMERIE SZIKRA
90200 GIROMAGNY

ISBN : 2-7291-0366-X